Vente du Mercredi 19 Février 1862

TABLEAUX ANCIENS

Mᵉ Ch. PILLET, Commissaire-Priseur

M. DHIOS, Expert

PARIS. IMPRIMERIE DE PILLET FILS AINÉ

Rue des Grands-Augustins, 5.

CATALOGUE

DE

TABLEAUX

ANCIENS

Des Écoles française, hollandaise, flamande et italienne

PROVENANT DE LA COLLECTION D'UN AMATEUR

DONT LA VENTE AURA LIEU

HOTEL DES COMMISSAIRES-PRISEURS, RUE DROUOT, 5

SALLE N° 4

Le Mercredi 19 Février 1862

A DEUX HEURES PRÉCISES

Par le ministère de Me **CHARLES PILLET,** Commissaire-Priseur,
rue de Choiseul, 11,

Assisté de M. **DHIOS,** Expert, rue Le Peletier, 33

Chez lesquels se distribue le présent Catalogue.

EXPOSITION PUBLIQUE

Le Mardi 18 Février 1862, de midi à cinq heures

CONDITIONS DE LA VENTE

Elle sera faite au comptant.

Les adjudicataires payeront *cinq pour cent* en sus des enchères, applicables aux frais.

Paris. Imprimerie de PILLET FILS AÎNÉ, 5, rue des Grands-Augustins.

DÉSIGNATION

DES

TABLEAUX

BALEN (Van) ET KESSEL (Van).

1 — Deux anges adorant le saint Sacrement.

BÉGYN (Abraham).

2 — Le Muletier.

BERKEYDEN.

3 — Bergers gardant des bestiaux.

BOILLY (L.).

4 — Les Conseils maternels.

Charmante scène d'intérieur.

BOL (Ferdinand).

5 — Portrait d'un savant.

Il est représenté assis, le coude appuyé sur une table où sont posés une guitare, un livre, etc.

DU MÊME.

6 — Portraits d'une dame et d'un seigneur.

BOTH (Jean)

7 — Paysage avec cours d'eau et ruines.

BOUT et BOUDEWINS.

8 — Marché hollandais.

BRAUWER (Adrien).

9 — Buveurs et Fumeurs.

CARRÉ (Michel).

10 — Le Passage du gué.

DU MÊME.

11 — Animaux conduits par des bergers.

CARRACHE (Louis).

12 — Sainte Famille.

CHAMPAIGNE (Philippe).

13 — Portrait de Marie Mancini, nièce de Mazarin.

COYPEL.

14 — L'Enlèvement d'Europe.
Riche composition de ce maître.

CUYP.

15 — Coqs, Poules et Poussins.

DE LA TOUR (madame).

16 — Jeune fille occupée à coudre.

DIETRICH.

17 — Personnages devant un magistrat

DIRCK VAN BERGEN.

18 — Marche d'animaux dans un bois.

    Très-belle composition dans le caractère de Nicolas Berghem.

DROLLING père.

19 — La Dentellière.

DYCK (École de Van).

20 — Le Christ descendu de la croix.

DYCK (genre de Van).

21 — Portrait d'enfant.

ESSEN (Van).

22 — Cavaliers au milieu d'un paysage.

EVERDINGEN.

23 — Un torrent. Site de Norwège.

DU MÊME.

24 — Paysage avec chute d'eau dans des rochers.

EYCK (École de Van).

25 — Descente de croix.

FRAGONARD (Honoré).

26 — Le Baiser à la dérobée.

FRANCK.

27 — L'Arrestation du Christ au jardin des Oliviers.

DU MÊME.

28 — L'Adoration des mages.

FRANCK et BREUGHEL.

29 — Jésus et les Pèlerins d'Emmaüs.

FRANCK FLORIS.

30 — Loth et ses filles.

DU MÊME.

31 — Jeune mère entourée d'enfants; allégorie de la Charité.

GÉRARD (mademoiselle).

32 — Le Présent.
Charmant tableau.

GLAUBER et LAIRESSE.

33 — Paysage.

GRAAT (Bernard).

34 — Portrait d'homme.

HACKERT.

35 — Paysage orné de figures ; site agreste.

HANSEN.

36 — Paysage en hiver.

HEEM (Jean de).

37 — Homard, fruits et vases posés sur une table.

HENDRICKS.

38 — Départ de l'amiral Ruyter.

HERSENT (L.).

39 — Comment l'esprit vient aux filles.

HEUCHS (Guillaume de).

40 — Halte de voyageurs.

UDEN (Van).

41 — Le Laboureur.
Tableau très-fin.

HOLBEIN (École de).

42 — Portrait d'une jeune femme, la main posée sur un vase.
Les détails du costume sont très-fins.

HONDIUS.

43 — Chiens poursuivant une cigogne.

HOOGH (genre de).

44 — Maison hollandaise ornée de figures.

HUGTEMBURG.

45 — La Cantine.

HUYSUM (Juste Van).

46 — Bouquet de fleurs.

HUYSUM (Signé Jan. Van).

47 — Fruits divers groupés sur une table.

JORDAENS.

48 — Le Mariage de la Vierge.

KIP.

49 — Ville maritime.

LACROIX (Signé).

50 — Effet de brouillard en mer.

Tableau d'un joli effet, dans la manière de Joseph Vernet

LAMBRECHT.

51 — Personnages à table.
La Marchande de légumes.

LEBRUN (Charles).

52 — Le Lever de l'aurore. Esquisse du plafond du château de Sceaux-Penthièvre.

LOO (Carle Van).

53 — La dot.

Charmante composition.

LOUTHERBOURG.

54 — Paysan endormi.

MAAS (Nicolas).

55 — Portrait d'homme.

DU MÊME.

56 — Portrait d'homme. Ovale.

MALLET.

57 — L'Hermite (sujet tiré d'un conte de Boccace).

MARATTE (Carle).

58 — Sainte Famille.

MARTENS.

59 — Rivière de Hollande.

MEYER.

60 — Marines. Deux pendants.

MIÉRIS (FRANÇOIS).

61 — Scène d'intérieur.

MIÉRIS (GUILLAUME).

62 — Buste de femme tenant une bougie à la main.

MOLENAERT.

63 — Les Marchands de poissons sur la plage de Schwe-
lingen.

MOMERS.

64 — Le Bénédicité des bergers.

NÉER (Van der).

65 — Lever de lune.

NETSCHER (GASPARD).

66 — Portraits d'une jeune fille et d'un jeune homme, repré-
sentés dans un parc.

NETSCHER (Gaspard).

67 — Jeune fille assise dans un parc.

NICKELEN (signé).

68 — Intérieur d'un temple.

PALAMÈDES.

69 — Concert d'amateurs.

PARROCEL (J.)

70 — Un Général de cavalerie fait prendre des positions à ses
escadrons.

PIERRE.

71 — Vulcain présente à Vénus les armes d'Achille.

POEL (Van der).

72 — Incendie d'un village.

PYNACKER.

73 — Vaches et Chèvre.

Bonne étude.

RIBÉRA.

74 — Saint Jérôme.

Belle tête d'expression.

RICART (David).

75 — Intérieur d'hôtellerie.

Composition animée d'un grand nombre de figures.

SCHWEICHARD.

76 — Joli petit paysage orné de figures.

SNYDERS (École de).

77 — Gibier et Fruits.

STEEN (Jean).

78 — Concert burlesque.

STORCK (Abraham).

79 — L'Entrée d'un port. Jolie composition animée de figures finement touchées.

STRY (Van).

80 — Quatre vaches au repos gardées par des bergers.

TÉNIERS (David).

81 — Danse de villageois.

TIÉPOLO.

82 — Tête de saint Jean.

VELDE (Adrien Van de).

83 — Deux vaches à l'abreuvoir.

VICTOR (Jean).

84 — Vue de Dordrecht. Effet du soir. Tableau rappelant Cuyp pour la couleur.

DU MÊME.

85 — Le Passage du bac.

VLIEGER (Simon).

86 — Marine. Environs de Leyde.

WALDORP.

87 — Marine, avec bateaux pêcheurs.

WATTEAU (attribué à).

88 — Le Concert. (Composition gravée.)

WÉNIX.

89 — Fruits divers.

WOUVERMANS (Pierre).

90 — Vue de Paris au seizième siècle.

ZORG.

91 — Une Villageoise près de son habitation plume un canard.

ÉCOLE HOLLANDAÎSE.

92 — Cour d'un palais.

ÉCOLE HOLLANDAISE

93 — Port de mer.

DE LA MÊME.

94 — Intérieur d'étable.

ÉCOLE FLAMANDE.

95 — Une Sainte.

ANCIENNE ÉCOLE FLAMANDE.

96 — L'Adoration des Mages.

ÉCOLE ITALIENNE.

97 — L'Adoration des Mages.
Charmante esquisse.

DE LA MÊME.

98 — Poissons, Gibier et Fruits.

ÉCOLE ITALIENNE.

99 — Femmes à la fontaine.

ÉCOLE MODERNE.

100 — Étude de Forêt.

RED. :

18

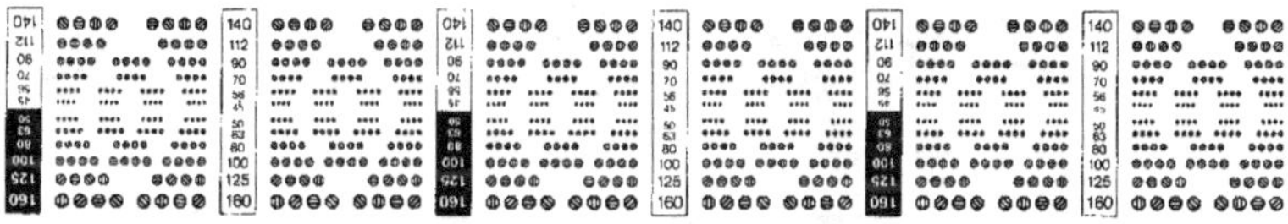

graphicom

BIBLIOTHEQUE NATIONALE DE FRANCE

****

CHATEAU DE SABLE

1995